AF349565

José Granados García

HAIKUNEANDO 13

Haikuneando 13

José Granados García

bubok
EDITORIAL

*Al Universo y a mi madre,
que descansa en paz.*

ÍNDICE

1

Silencio

Tapo el oído:
El silencio profundo.
La ciudad calla.

2

El beso

Beso tus labios.
La música del baile,
En compañía.

3

La anemia

Llegó la anemia:
Muerdo un poco de hierro.
No muerdo el polvo.

4

Fluir

Fluye el mercado.
Fluye también la vida.
Fluye la amante.

5

Piensa

Sentirte joven:
Pensar que vivirás
Eternamente.

6

La lluvia

Y cae la lluvia.
Y las gotas se estrellan
Contra el cristal.

7

El sol

El Sol no brilla.
Y se esconde, tranquilo,
Atardecer.

8

La lucha

Perros se huelen.
Ladran, llega la lucha.
Ambos son machos.

9

Pasará

Y dijo el sabio:
Todo transcurre y pasa,
Hasta la vida.

10

La niebla

La niebla espesa.
Y no puedo observar
Al pez nadar.

11

La danza

El viento sopla.
Y las nubes patinan
Sobre el Planeta.

12

La vejez

Me hago viejo,
Al preocuparme a veces
La vida y muerte.

13

Invierno

Dentro de casa
Siento calor y sueño,
Fuera ya nieva.